月の余韻

阪森郁代　自撰歌集

角川書店

月の余韻＊目次

装幀　小島真樹

阪森郁代自撰歌集　月の余韻

『ランボオ連れて風の中』抄

『ランボオ連れて風の中』（一九八八年　雁書館刊）

野の異類

透明の振り子をしまふ野生馬の体内時計鳴り出づれ朝

中空にきさらぎ星を掲げ来よ今宵荒野に月代《つきしろ》なくば

霧ふかくふかく閉ざさば笹原のなきうさぎつひに青葉揺らすや

銀輪に銀の籠つけ遠びかる冬山ことば撃ちに出でゆけ

暮れ暮れて帰らぬ鳥のつばさ濡れ剣《つるぎ》のごとく尖りてゆきぬ

寒の月艦《ふね》百隻を閉ぢこめてややに傾くをさなき日より

北へ北へ白き炎を巻き上げて雪原かける野生馬の群れ

白馬《しろうま》の毛をくはへ来て巣をつくる北の鴉に親しめる日よ

下北の寒立馬《かんだちめ》こそすがしけれきさらぎ星を眼《まなこ》に据ゑて

野ざらしの立枯杉の異形こそ荒野にふさふ燭と思へり

盲ひたる山羊の眠りもそのままにゆふべの地震《なゐ》のやさしく過ぎぬ

咽喉《のみど》にはやはらかき夢ふふむゆゑつぐみもひよもわれに親しき

実を砕くしぐさをなして星砕く木ねずみ痩せて華やぎゆかむ

いづへより苦しく空の垂れ来しや麒麟ひつそり立ちあがりたり

分けがたき闇にかなしみかへすとき石を抱けばわれも星なり

冬ごもる野の甲虫に問ひてみむジュラ紀の夏の野ぐさの匂ひ

崖《きりぎし》にほそき膝折る冬鹿のなべてをゆるす容貌《かたち》を見たり

ひとふりの剣《つるぎ》まぶしく光りつつやがて濡れゆくひとりの朝明《あさけ》

枯野来てたつたひとつの記憶かな背《そびら》のみづのやさしく湧ける

美しき焦燥

あら草と共にひかりに打たれゐて読みたくなりぬゴッホの手紙

息荒く麦の穂波をさまよへるゴッホたちまち見失ひたり

空の青苦しきがゆゑタブローに盛られてありき黄なる明るさ

いちめんの向日葵畑の頭上には磔《はりつけ》ざまに太陽のある

稜線をたぐり寄すればごろごろと冬の菜畑《なばた》に没《い》り日ころがる

立ち並ぶ樹幹のひとつ剝がれをりそは美しき焦燥に見ゆ

黄色《わうしよく》の太陽ひとつ手に入れて野をゆらゆらとかへりきたれり

日すがらを犇《ひしめ》きし雲おとろへて楽《がく》しづかなるゆふぐれとなる

天動説をうべなふごとく

雫する野草の剣《つるぎ》踏み分けて風を追ひにき風におくれつ

たをやかに翼をたたみ野に沈むうたはぬ鳥に近づきゆくも

いちまいの空の硝子をかがやかすかろき翼をひそやかに振る

喇叭《らつぱ》草《さう》ふみつけナウマン立ち上がるコントラバスをかまへむばかりに

地平線くはへて空に翻る麦野のつばめ光を反す

幻のジュラ紀の草に挿しゆかむ赤きダリアも白きダリアも

銀河系にみづの惑星泛《う》かびゐてときにわれらも魚のごとしよ

馬もわれも髪なびかせて佇《たたず》めり天動説をうべなふごとく

ひとすぢに流るるみづの細くしてわれと沢蟹へだてられたり

太陽球まうへに上がるを待ちかねて七星てんたう春を占ふ

ランボオ連れて

射るごときまなざし向けて空動く空もランボオ連れてゐるのか

野に置けばきみの詩集も燃えやすき薄き木切れのたぐひとなりぬ

酩酊のかぎりを謳《うた》へ五月野《さつきの》よわが肢体こそいくすぢの弦

色褪せしわれ

動く山とほくに見つつ確かなる位置を占めくる昼のさびしさ

日輪をひとつ提《さ》げをる重さかな真昼間に来て大き坂の上

海見ゆる風さへ見ゆる何よりも小さきわれの海底見ゆる

大きくも小さくもある日輪のけふ没《い》りがたき山のかたぶき

風抱く訪問者

踏み分くるひと足ごとに綿毛舞ふわれは風抱く訪問者なり

闇にふくらむ夜の風こそ孤独なれ静かにしづかに地球を廻す

千年木

明けがたのわがまどろみの縁に来て蟬はじんじんと生きてゐるなり

光太郎が彫りしかの蟬いづくにや生木《なまき》のやうに蟬はやはらか

とつぷりと日は暮るるとも光太郎天平机《てんぴやうづくえ》に蟬を彫りけむ

ふところに手彫りの蟬をしのばせてすずしく啼かせよ冬の光太郎

真実はいづくにあらむ夕星《ゆふづつ》のきらめきとほく蟬を聞きゐて

銀河の中に

星雲を抱《いだ》けるままに佇《た》つわれら野にしなやかな橋脚となる

山鳥のまこと小さき胃袋に昨夜《きそ》の糠星ひとつ見ゆるよ

どの星も異説を立てて天球に泡立つやうに耀《かがや》いてゐる

訳詩ゆゑ淡きひとふし　ランボオは野の中天に蘇《よみがへ》りたり

銀河銀河流るるばかりわれらいま中州に立ちて渦を見送る

もろともに流されてゐるこの銀河酔ひどれ船など見当たらぬなり

大いなる銀河へだててうたふとき互《かた》みにわれら魚となるべし

白樺派展

けぶる日の「白樺派展」どの人も影絵のやうに画《ゑ》の前を過ぐ

白樺派とその周辺展

画家の妻描《ゑが》かれて眉《まみ》さびしげなり詩人の妻もかくありしかと

ゆがみたる顔といふもの春秋《しゆんじう》をにがく写してなほはみ出せる

梅原龍三郎自画像

帽なき孤独者

さかしまの地平線見ゆひるがへる風の背《そびら》に真裸の月

色褪せて枇杷の根方に立つ雀汝《なれ》も帽なき孤独者ならむ

リルケの肖像

うす青き空の硝子に透かすときもつとも近しリルケの肖像

爪先立ちて空見上ぐればば空なだるこの天体もあやふきものを

窓に置く薄き手帖に月差して膨らみきたる象形文字

大きなるキャベツ

水仙の束わが胸へ移されて仄かに冬の花つめたかり

冬薔薇のくれなゐ固し尖りたる夜の芯より言葉をほぐす

夜の断章

霧の夜の闇は温《ぬく》とし黒き猫かろがろと闇へ飛び移るなり

往き来する星も蝸牛も大いなる時間の中ですれちがひをり

ふらんすといふやさしき韻きまろばせて旧き戯曲を読みなづみをり

神無月

薄らかなひかりはいのち危ふくす鳩の轢死をその朝に見き

陽が差せば遺品のごとくかがやきぬゴブラン織りの鳥の壁掛け

自画像

何故にいま「未来派」といふ言葉すら穂絮《ほわた》のやうに思ひ出されて

推理小説《ミステリー》書きなづめるか長き髪強張《こはば》りしまま友の寄り来る

『靡けたてがみ』抄

『靡けたてがみ』（一九九二年　書肆季節社刊）

夏のたてがみ

酒杯すでに乾したる君が先ならむ「薔薇戦争」と口に出《いだ》すは

変哲なき論と思へどかたはらに聴きつつたのし月うるむころ

われを撃つ言葉はすでにあらずしてふたたび戦《そよ》ぐ夏のたてがみ

紀の国の柑子《かうじ》をさげて訪ね来し異装の青年戸口に待たす

われといふ言葉の岸はかがやくか対岸にふる雪をさびしみ

四、五日ののちに出でゆく帆船と聞くだにうれし春の岬に

手際よく他人の人生脚色し語りくるるは若き記者なり

「ヴァン・ゴッホ」読み継ぐ日々に吹きすさぶ現《うつつ》の風と言へど親しき

これの世の思潮のかげり眸《まみ》に見す東人《あづまびと》なり歌は詠まざり

またしても論理の枝に覆はれて直情といふ樹幹が見えぬ

六月の海のつづきにひろがれる虚空にうら若き表情があり

石神井町八丁目なる叔母の家に妖しくひらくコラージュの薔薇

購ひし『植物祭』の落丁のひとつふたつは春のからくり

春闌けてさゆらぐものはすでになしわれを透かして靡けたてがみ

遊星界

地にありて一顆の星をかみ砕く一顆はつかにパプリカの味

「酩酊船《バトー・イーヴル》」たれかくちずさめるころか梢《うれ》に月光が引つ掛けてある

照りかげり著《しる》きひと日のはや暮れていちにんは来たりうろくづを提げ

雲行きのあやしきときを遊星に色なき鳥は飛び交ひてをり

ひろやかなれど

少年と少年の笛見あたらず冬のみじかき休暇ののちに

きりきりと揉みこむやうな冬が来て雉を美味《うま》しと食べをりわれら

月読《つくよみ》　あむばるわりあ　またしても無用のものはかたへにありつ

幽閉の王が愛せし花と見てヘリオトロープの前を過ぎたり

莫として閑

広間《ロビー》より休憩室《ラウンジ》までを従《つ》きて来ぬここにて仮説を愉しむために

弦楽器を背に負ふ者もまじるゆゑ黒き一群の徒《かち》を羨しむ

万国旗はためく下の桜桃といへども夜は闇にしづまむ

驟雨去りふとしも気づく大いなるこの夕映こそ無法者

風かよふただそれのみの草の原全《また》くひかりはどこからでも来る

ワイエス展見ざりしことをきつかけにわが腕時計狂ひはじめぬ

あかつき雲

夜の更くる早きに驚く今にして『地獄の季節』こそなじみがたけれ

夭折の齢《よはひ》すぎたりいつまでも偏愛といふ言葉はきらめく

ひえびえと髪は吹かれて雑沓に透視者《ヴォワイヤン》のかたわれを捜す

先んじてうすき父性を言ふときに蓬髪直下の鼻梁は翳《かげ》る

迂闊にもわれのせしこと二度までもレンズに鬱の文字太らせて

天鵞絨《ビロード》の少女のために

カフェ・オ・レ泡もろともに飲み干していまだにわれのバロック嫌ひ

『初學歴然』買ひそびれたり残像の冬菫濃しこよなく濃し

修司の忌すぎてしまひぬ立つたまま眠るさみしさ明日こころみむ

しろがねのひかり行き交ふまひるまを草木虫魚みな闖入者

天鵞絨《ビロード》の少女のためにわが飼へる不在の山羊を話してやりぬ

虹の東西

廃井に月干涸《ひから》びてゐるころか　亡命してこその詩人なる

空のかたすみふるへやまざり臆面なくゴッホの眼《まなこ》の蒼きを言へり

あまたたび黙ふかくせり未だにランボオの性言ひあてられず

微笑のJ氏

向かひ合ふ天と地あるを秋といふ　人ならぬもの屹立せよ

柔和なる詩想の人よ真向かへば酸したたかなる水母食《は》みをり

電文のごときこの歌いくらかの情熱《パツシヨン》ありやありと思はむ

ありふれた曇りの空にすぎねども頭上もつとも昏《くら》き泥濘《でいねい》

秋冷をまとへることを不如意とし微笑のＪ氏近づいてくる

眉つり上げ眉つり上げてヴァン・ゴッホあはれこころの畝に種蒔く

百顆の露

空と呼ぶこの含羞の言葉もて人はみづからをきらめかすなり

さしのぞく空こそよけれ半身は青に染まりて野の中にをり

こともなくひとつの意志は崩れつつかなた消極の雲がひろがる

耳川といふ名なつかしそのかみの分水嶺に楽《がく》をたづねむ

倦みたれば天文学書　月並のかなしみ癒すは解体新書

正常と言へる不可思議みちみちて絵皿の廻る夕暮は来つ

燻製鮭《スモークドサーモン》考《かう》をしたためて霜月尽の便りとしたり

部屋を去る山羊

六稜かはた七稜か枯山にくだりてあそぶ巨《おほ》き凍て星

甲虫ら右往左往し遊べるは全く婚儀のごとき賑はひ

茫茫とひと日はすぎてかたはらの山羊もしづかに部屋を逐《お》はれる

小劇場すなはちテアトルアンティーム八角形の屋根に雪ふる

ひまはり

きまぐれの口髭たのし今宵またゴッホ嫌ひの友とすごさむ

オランダ人ヴィンセント・ヴァン・ゴッホにその碧眼はふさはしからず

海辺《かいへん》の廃材倉庫ゴーギャンとゴッホの椅子もしまはれてゐる

画廊にてすれちがひたる美丈夫はまさしくテオの末裔ならむ

フランスパン齧《かじ》れる朝《あした》わざはひのごとくに浮かぶゴッホの画像

名告り出よテオの末裔冬ぞらの奥の奥には陽が灼けてゐる

ひまはりに金色《きん》のたてがみいささかの矜持《きようじ》を今はみづからにゆるす

大いなるかなしみの日がゴッホには一万三千五百日ありき

物憂げにピスタチオの殻を剝くテオに見られてゐると思へば

近況をしたためをればまたしてもゴッホの手紙に似てくる文体

柔らかなる青のペン字でつづられしゴッホの死亡届の原簿

ゴッホの訃めぐりめぐりて今日あたりＫ先生の館へ届く

残雪

啼きのぼる春鳥なりと指すときのこころのすみに残雪がある

英国に「日蝕《イクリプス》」とふ馬ありてみづのねむりをつねに欲りしと

世紀末と言はば言ふべしまなざしを天に向ければ太き蚊柱

手套と飛蝗《ばつた》

暮るるまで茶店《さてん》の顧客花鳥《はなとり》の壁にもたれてきのふのわれは

ヴィオロンが立てかけてある夜の書架倦《う》みつつあるか　さにはあらぬか

発起人はテオとヨハンナ霜降の晩餐会と聞けば行きたし

モザイクの床に膝折る少年がモジュールといふ値《あたひ》を問へり

夜の深淵

デスマスク、かかるつめたき月光にさらされてゐよ例へばニーチェの

生者死者見分かぬときを煌々と月照れば月に死者は目眩《めまひ》す

百枚の稿

硝子戸に長身の影ひるがへす郵便夫見て谷町九丁目

低くひくく車走らす　冬道はときに滑空をうながし来れど

『夕映伝説』抄

『夕映伝説』（一九九七年　角川書店刊）

空といふ壁

人生のどのひとこまも押しピンで留めておくなら空といふ壁

給油所をオアシスとして飛来する遊星あらむさくら咲く日に

聖五月〈シャロンの薔薇〉の飾り縫《ステッチ》のテーブルクロス窓よりはたく

眉を描くその半月《はんげつ》に過ぎて来し一万四千日をかさねる

落丁本つくづく愉《たの》し黄砂降る春の時間の裾野でひらく

気づかないうちに五月は来てゐたり花のごと神妙に過ごさむ

真昼間をねむれば部屋の高窓に映し出される時間《とき》の満潮《みちしほ》

ガリレオ虫、ワグナー鳥を飼ひならす少年はみづからを餌食《ゑじき》に

湖水派気分

あからひくある日（こころの上澄みの）アップルティーを少しづつ飲む

薄暮《はくぼ》薄明《はくめい》このうつろさは一箱に封じて異国へペリカン便

世界地図折つてたたんで旅立たぬ膝へ重ねる波打際を

爪の三日月ほほつと灯る掌中に阿波和三盆霰糖《あられたう》

今日のをはり明日につないで（つつましき）ゲームのやうに零時はすぎる

夕焼風味

太極拳まねてゆつくり両腕に世界の朝を巻き込んでくる

キッチンにきちんと朝刊たたみ置く真面目《シリアス》ないちにちの始まり

万国旗はためく中のちぎられし一枚地獄の旗かもしれぬ

ねぢれたほほゑみ

鍔《つば》ある帽ゆらりかむれば昼下がりさらに薄れるわたくしの影

発するは曖昧《あいまい》母音《ぼいん》　ことばよりこころの方がせつかちらしい

女《をみな》の香ゆつたり放つ梨の実をかじりつつ詩人になりすます

よれよれの言葉はふかく刈り込みて『地獄の季節』編みしランボオ

今日と明日の縫ひ目に添つて眠るなら朝にはどこかへ亡命できる

深夜便ファクシミリに流されてとどきぬ賀茂川吟行案内

まさか、もし、あるいは、やはり、真実は少うしづつ塗りかへられる

過去へ返信

自転車のサドル三角先回りしたくて四角四面の街へ

わたくしの過去へ返信そしてまた配達不能郵便《デッド・レター》となるのもうれしい

こころ鬱々《うつうつ》　かなしきまでにいかなごの釘煮からまり合ひつつ錆色

世界を咲かす

ピカソ画集ひろげてゐるのは写楽かも？　四天王寺我楽多市《がらくたいち》に

ユリウス歴の名残のなごり　おがくづの中から二月鬼百合芽吹く

パリになくプラハにありてそれの名を〈錬金術師通り〉と言ふ

夕映伝説

水に水温、室《へや》に室温、なぐさめの鏡のなかに体温がある

ヴォルテージぐーんと下げて十年の周期でジェームズ・ディーンを語らう

父島〈風力〉４と告げをり〈暴力〉は都市のすみずみまで満ちてゐる

スープとスクープ

フランスパン引きちぎりつつ食卓にスープと国家転覆スクープ

はるかなるゴビの砂漠を思ふとき象の時間がかぶさつてくる

白磁かすかふれあふ夕餉　蓴菜《じゅんさい》のなまあたたかきを口に閉ぢこむ

マチス帽子店

影法師ぼおつと点りし百年前マチスの妻は帽子屋始めき

いち日の始まりせめてキッチンのゆでたまごより水仙芽吹け

朝あさに一杯の水　すこしづつ生きてゐる意味うすめてしまふ

湯上がりの身を横たへる　ふすま絵の鶴いつのまに左右反転

手相見らるるビルの谷あひ足元にそよと人情くさき浜風

ひまはり的

乙訓郡《おとくにぐん》大山崎より届きたる胡頽子《ぐみ》のひとつが転がりやまぬ

追憶に追ひかけられて愉《たの》しくて書く一行おきの脚韻詩

ひと日寡黙のなかに生き生きすごしたりそのみなもとに胡頽子《ぐみ》のくれなゐ

世紀末デーモン

寄せて来る過去をせき止めたつぷりと眺めてゐたい日の暮である

目つむればはらりつながる二《ふた》世《せ》界《かい》　来し方ゆく方背中合はせに

短日の日暮、魔の暮、カーテンのドレープさへも動かうとせぬ

かるく水無月

かたはらに新約聖書　葉桜のある日の会話告白めきぬ

赤ワイン甘すぎたるを飲み残す　聖書はいつまで聖なる書物

家中の傘持ち出して広げたりそのままにして少し眠らむ

夜の空覗かむとして硝子戸に著《つ》きたる指紋うつくしすぎる

白夜

レノン似の山羊はいづこへ行きしやら……春の卵を煮つつ夕暮

春夏秋冬ははそはの母愛用のシュガーポットの中なる白夜

秋風談義

もろもろの音の行方を風が追ふ初秋《しょしう》うすむらさきのゆふぐれ

今日の雨あしたに続くかたくなさ　つくづく紋切り型の人生

マジョルカのジョルジュ・サンドを想ひつつ十指つめたくオレンジを剝《む》く

闇に溺れてゐたるあぢさゐ　片陰るこの遊星はもつとさびしい

秋の夜にひとりがたりを始めるはむかぁし昔のテロリスト

曇天は何をみごもる　こんな日にシャガールの絵の花嫁は飛ぶ

『ナイルブルー』抄

『ナイルブルー』（二〇〇三年　角川書店刊）

砂

テロールを餌食となさば二十一世紀人《ひと》も国家も痩せむ

恐怖《こは》いものを美しと見るときがある、幹も小枝も昂ぶつてゐる

ゆつくりと開く朝刊戦況は折りたたまれて追ひつめられて

チグリスはユーフラテスをよしとしてつひに交はり海へと向かふ

ナイルブルー

大盞木《たいさんぼく》を白きナイルと見てをれば紫陽花が青きナイルと応《こた》ふ

イエスまた耶蘇《ヘスス》イエズスかの人のうるむ瞳は何色なりし

やがて来る凶事《きょうじ》を視野に入れにつつ白き十字をひらくどくだみ

イエスより足首ほそくジョギングの青年は過ぐ　汗の坂道

きみは知りわれは知らずのなつめ椰子　炎暑こころはエリコに遊ぶ

エリコは死海の北にあつた

汀

朧《おぼろ》夜《よ》と気づかぬままに眠りたし　時間《とき》の浅瀬に水鳥を得て

だれもが死者として現れる汀《みづぎは》に水の羞ぢらひ満ちみちてをり

冷たさに戸惑ひながら水鳥に呑まれてしまふ日々のゆふぐれ

一夜明けひらくページの行間に水の余韻が濃く立ちのぼる

アンダー・ザ・ローズふたたびここに来て触れざる話題をひそかに咲《ひら》く

セーヌ左岸

旅立ちはさらりと聞いてそののちを知覚おぼろの夏の百日

指先よりこころほぐしてゆくことの引きちぎるパン、塗りつけるジャム

疲れたるパリと思へばかたはらにセーヌ右岸と左岸のねむり

仰向きに異国の空を引き寄せて思慮を思想に変へつつあらむ

十月の扉

天心を逸《そ》れて陽はあり父に点《さ》す点眼水のこぼれてしまふ

くるぶしは知らず差《さ》し含《ぐ》みこの道を死にゆく人のもとへ急ぎし

ノックして連れ出してくる過去もある　椅子を持ち出し眺むるもよし

麺麭《パン》の香の小路へ入りぬ　ほんたうはほんの少しの釘を買ふため

朝からのハーブシャンプー　うつせみの一夜《ひとよ》の夢はくしけづられむ

消息

蝙蝠傘《かうもり》をぎゆつとすぼめて逃ししか青葉の闇はたしかにあつた

久々のフランシス・ジャム詩集　山の冷気を受くるほかなく

喪の年につづく喪の年うぐひすは過《あやま》たずして一声を鳴く

ためらはず仏門なりし鉄幹へ　つひには洗礼受けたる晶子

こころの中庭

バルト海の青き微光を封じたるイヤープレートその雪景色

〈シオニズム〉とふ言葉にいつしか慣らされて9・11以後の日つづく

歩く感傷

こんもりと傘のやうなるパンもあり浮かぬ終末カルフールかな

マンションはやがて霊廟《れいべう》　貯水槽深夜はみづのひしめき聞こゆ

ピッツァ通り

ここからはレトロな眠りをねむりたしマルペンサ空港までは二時間

天心

ほほゑみを分かちあひつつそれとなく頭痛の種は蒔かれてありぬ

これがその薊の色と教へられむかしアフガン編みのマフラー

テロールの蜜の暗さを思ふさへ汗ばみし夜のうすら三日月

　カオス

街にほろびの雪はふりつつしかすがに更新されてゆく天使たち

　こひにくちなむ

インターホーンひびく窓より海が見ゆ　やがて朽ちなむ櫂と恋あれ

うつつなきことの始まり有明に三千グラムのみどりご抱きしは

雨足は早くなりつつこの家こそ春しろがねの分水嶺

月読

落葉踏みしめてゆく道いびつなる昼の月読《つきよみ》ゆさぶつてみむ

冷蔵庫の中のしづもりここかしこ世界の終はる予感に満ちて

洗槽のシーツゆつくり回りつつどこかで終末時計の音

死の意識避けては通れざるゆふべまた満ちてくるみづうみ白し

ねむりと覚醒

夏空がうながしてくる死もあらむ今日のココアは鳥の匂ひす

ねがはくはそのままでゐよ覚醒の百合とねむりのあぢさゐたち

毎日が休日といふスタイルを捨てず飾らずゆるやかに着る

喪の衣装たたみゐるときふたひらの耳翼わづかにはみ出してをり

冬の沖

鶴舞線駅に降り立つこの街に病めると聞けば鶴よりはかなく

風花にかをりはあらず取りいだすリップスティックいきぎもの色

すべてを無にかへす冬空かなしみに土砂のやうなる行き止まりあり

死者のため宿るホテルの窓外にみだらなるかなピッツァの看板

ピアスふふめば

何一つはかどらぬ日に虹立てり　虹はうつすらと向日性

まなうらは螢の季節ひんやりとピアスのかけら口にふふめば

家具ひとつ減らして四月迎へたる部屋に待ちをりロワールの風

こころざし告ぐるにあらねど海越えて届く嗄声《させい》に情熱《パッション》ありき

頬杖

わが額《ひたひ》ほどのはなびら大盞木《たいさんぼく》　言葉が素手で摑めるものなら

医師ポール・フェルディナン・ガシェささやきの頬杖をつく六月となる

大阪とヴァンクーバーを天秤にかけて日本よりもカナダへ

友人はカナダでひとり暮らしを始めた

サムソナイト胴に積まれて走り出すリムジンバス、陽気なる紺

予感

生者死者ゆきかふ街の大時計たつた二本の針も疲れて

中之島夏の図書館奥の奥、予感をさがすやうに歩いた

花冷えレシピ

いまさらの更紗《さらさ》和物《あへもの》〈花鳥風月〉の小皿にテリーヌを盛る

〈失はれた時を求めて〉すこしづつ齧る自家製スモークチーズ

夜半水を飲みに階下へ　明日と呼ぶ時間がそこにゐれば会釈す

〈パセリ　セージ　ローズマリーとタイム〉なら風に晒してひんやり仕立て

〈雨だ〉と言へば

『マキアヴェッリ』後部座席に積み込んできみはいつより猟書家《ブックハンター》

七曜の七つのかがやきおぼろなりあと五、六日眠らすメロン

仁徳帝みささぎみどりこの町にコソボから来し一家族住む

蠍座

イグアナを飼ふ人がゐてひんやりと聖化してゆく都市の部屋《アーバンルーム》
木曜日、その黙曜日わたくしのすべてを否定的にとらへて

『パピルス』抄

『パピルス』（二〇〇六年　角川書店刊）

老いた梟

月を背に立てば次第に見えてくる古墳のなかの王の顔つき

降りつづく嘆きの砂よどこよりも遠い国から届く報道《レポート》

実が落ちるメールが飛び込むこの雪を降らせてゐるのは老いた梟《ふくろふ》

みづの紺、そらの濃紺、それらさへ不安の声を洩らすときあり

無花果と金蠅

特派員イラクの町より伝へくることばのひとつひとつは熱砂

きな臭き話題に終始するうちに乾いた月が雲間をよぎる

窮屈な機内に足を組み替へるやうにゆつくり話題を変へむ

つやつやとかがやく額は見えながら暗喩暗澹暗黙のひと

唐突に釘打つ音は隣家《となりや》か追憶のやうにヨセフが過ぎる

真澄鏡《ますかがみ》

ゆふぐれのさらなる奥のくれぐれの豪奢なること見えて週末

〈精神の属性は思惟〉このやうに意識は言葉でかたく括らる

デカルトのことば

消えかかる月のうすさの真澄鏡《ますかがみ》きのふ会ひたる人の眉引き

暮れやすき刈田のやうないちにちの向かうに何があるといふのか

失つた言葉は花のかげに棲む夏は馬鈴薯、冬は紺菊

空の棚

いつであれ見えて見えざる空の棚白木蓮は低く置かれて

切り抜きを捨てねばふつくら溜まりゆく吉本隆明水難記事も

太陽に隙

ストラドフォード・アポン・エイボン遥々と方位分からぬままなる眠気《ねむけ》

白雲はかなりの高さに忘れられ銃器、剣を誇れる居城

ＵＶホワイトニングローション太陽に隙を見せないことが肝要

やはらかくまるく足裏《あうら》を天井に描かれてより天使は翔べず

そそくさと紛れこみたる部屋なるにナイルブルーのイエスの肖像

日没にすこし間があり

見むと来て東国春の牡丹苑にうらうらとさびし花の存在

日没に少し間がありその木戸をくぐらば喫茶〈邪宗門〉とふ

湘南の海を望める高みより架空の鳥を波間へ放つ

ふたたびを来て横浜の町並みの様式美すら忘れて歩む

距離《ディスタンス》

装丁は遊びのやうにやさしくてしかも穂先のやうに言葉は

前衛は酷暑のころに逝きますと清水信の言葉の威力

清水信氏は鈴鹿市在住の作家

十薬《じふやく》の匂ひかすかにこの人はひとたび死んできたのかも知れず

ときに思ひおほかた忘るるナザレ人《びと》イエスは強い人だつたか

雪明かりの窓にゆきかふ音韻のチルチルミチル、血ル血ルミチル

仮寝

びつしりと種のひまはり歳月はあるとき空にうなだれてをり

亡き人はここにはゐない太陽と背中合はせの月が昇り来

硝子窓まことしやかに閉ぢるとき空はあくまで海の領域

秋風を枕となさむちりちりと悪夢の過《よ》ぎる耳もと涼し

虫籠に虫の見えざる秋冷に灯れるものはなべて燦々

煮え立ちて溢るるパスタ借り物のやうなる体でキッチンに立つ

背伸びする世界の中に置かれゐてわが私生活風にたなびく

たましひよ仮寝に宿るたましひよ千の蜻蛉《せいれい》抱いてねむらむ

意志の存在

待つことの待たるることのゆふまぐれ木蓮は散りいそぐのみなる

隣人がとほくかすんで見ゆる日の浅み深みを潜《くぐ》るはなびら

咲き競ふ花から花をめぐりつつ心てふもの目裏《まなうら》にあり

スウィスの村

人声ははたと途絶えてそのままになかなか暮れてゆかぬロイス川

スウィスのクロワッサンの焼き色のその朝《あした》にもテロールありぬ

みつしりとタペストリーの緻密さの　戦利品とて並べ置かるる

すみずみまで晴れてスウィス日時計が空の魔性を測るしづけさ

水草

川と呼ぶ心に浮かぶ水草《みづくさ》はどんなふうにも結べるといふ

帰り来て部屋に聴きをりしろがねのたぐひまれなる月の余韻を

オレンジの今日は盛られて卓にあれど不在の人と語るによき日

植木鉢両手に抱《かか》へたつぷりのひかりに少し譲歩されたり

巴里　朗読のための十首（二〇〇四年十月十日）

アルチュール・ランボオに

モンマルトルの洗濯船には行かぬなり　われには酩酊船《バトー・イーヴル》がある

セーヌ　セーヌ　セーヌは巴里の腸《はらわた》か　浪費に耐へて貧苦を嗤ふ

ゆるやかな時の流れの青水泡《あをみなわ》われの内なるセーヌ左岸は

干し草の香りの記憶たつぷりのバターと卵そのブリオッシュ

ナザレより痩せたるひとりＪＡＰＯＮより旅の客人《まらうど》　聖堂に会ふ

裏声の人は過ぎたり新橋《ポン・ヌッフ》　五分の後にここを去るわれ

水のおとうと

おじぎして人は去りたりヨーグルトその効能をほれぼれと言ひ

約束はひとつもなくてこの夏のいちばん高い梢《こずゑ》のみどり

脈絡と錯覚

笑み呉るるいづれの人も手渡しのきかぬ荷物を提げてゐること

フィレンツェの無事の旅よりもどり来てをりしも届けられたる形見

堺市南部みぞれうすら日午後からは刃物まつりに出かけるといふ

シーチキンくわつと開けてからだごとゆがんだやうな錯覚もいい

涙骨《オス・ラクリマーレ》　塚本邦雄先生追悼

「貴兄の歌が賣れるやうになつたら僕が第一番に貴兄の作家論を書きます」　杉原一司

美しき文字は枡目を埋め尽くす杉原一司の微笑見えつつ

八十四歳のご逝去

先生の御歳までは一万日、一万の星詠みたきものを

鴻池のお宅にはいつも夫人の笑顔があつた

いくたびも通ひしことの夢の日々　東大阪ジャンクション越え

ある人は白馬のやうだと言つた　白いスーツの胸には深紅のコサージュが

いでたちは真白きスーツ　壇上はオペラはじまるごとき華やぎ

シモーヌ・ヴェイユ

まなぶたを閉づればいよいよ冴えまさる水晶体はユダにもありき

半身はヴェイユと化して吉本氏シモーヌ・ヴェイユを神戸で語りし

吉本隆明氏

さしてゆく紺の日傘のうちがはに隠して擦過傷のこころは

木蓮

エルニーニョは幼子イエスのことなればまだ海原を知らざりしころ
死が生をうらがへしてゆくスペードのジャックはいづこの兵士なりしか

『ボーラといふ北風』抄

『ボーラといふ北風』（二〇一一年　角川書店刊）

ジョン・F・ケネディ通り

アメリカ独立記念日

炎天に託す祝祭街路樹はその枝ごとにプライドを見す

七月四日《フォース・オブ・ジュライ》ひだりの心臓《ハート》に手をあてて歌ふ数千の声の静けさ

きびきびと街ゆく人に紛れゆく夕刻なほも灼けたる舗道を

根の深さ葉のまぶしさは紛れもなくプラタナス高く風にゆらめく

しつらへし舞台は交響楽団のためなり背後デラウェア川

大いなるものの浮遊を思はせてまだ色彩の残るゆふぐれ

借り物

わが知らぬしづけさを知るオニヤンマうつつもどきの夕暮を飛ぶ

宛先のラベルのゆがみ何でもなことの続きにひらく旧約聖書《バイブル》

急ぎゆく道すがらなる夏燕ちひさき顔は借り物に見ゆ

二度目の投函

白き卵見比べながら〈ではある〉と〈である〉との差異ふかくしてゆく

手のしぐさ不意に怖ろし柔らかきレタスまるごと水に沈めて

難波行き電車に揺られ五分《ごぶ》といふたましひの嵩を思ひき

スクランブル交差点を行くときのあるいはきのふへ向かふ足どり
　　プリウスワゴン

日に灼けることの無ければ日盛りを何人《なんぴと》よりもいきいきと死者

宵山の京都路地裏巧妙にすり抜けてゆくプリウスワゴン

ボーラといふ北風

陽の射して朝いちばんに出会ひしは昨夜《ゆふべ》のままの〈須賀敦子集〉

トリエステは須賀敦子が憧れたイタリアの詩人サバの故郷

選択肢のひとつに数へ愉しまむアドリア海に向くトリエステ

町の名がゆつくり熟れてゆくといふそれも深いワインの色に

ジュゼッペ・リッカ愛称はペッピーノ老人のやうな夭《わか》き生涯

今にして思へばあれは虚しさの絶頂期青い魚のやうな詩

捲られてブリキ色なる冬空はボーラと呼ばれし北風の所為《せゐ》

立ち上がる時の狼狽四方からひかりに支へられて噴水

紙飛行機

千年とたやすく口にすることを怖いと思ふ白梅の下

三日前身を任せたるジェット機が紙飛行機の大きさに行く

思惟の空間

さへづりの向かうに少しだけ動くぼんやりとして思惟の空間

くちばしの散らす花びらひよどりをひかりは誘ふ次なる枝へ

遊覧船

開封するあるいはそのまま重ね置く采配されてゆくものの嵩

夏椿が咲きました見に来ませんか　僧院からの呼び出しめきて

遊覧船といふものありて人は乗る我に返るはどのあたりなる

まどろみの後《のち》のうつつのたゆたひは言葉の稚魚を追ひつめてゆく

シエスタ

霞草抱《いだ》かれてゆく霞草　摂氏三十三度に耐へつつ

明日を問ふことのしんらつ向日葵に花の力を見せつけられる

湾岸線ぐつたり伸びてゆくさきは臨空ゲートタワービル

陽はたかくありのままなる濃《こ》紫《むらさき》あぢさゐ風にほそることなし

蟻塚

ときをりは怪しげなれど蜻蛉《せいれい》は蜻蛉らしきふるまひに飛ぶ

したたりの果実に声はうるみがち指を汚して死後を語らふ

自由の鐘

女性らのかたちよき四肢精神の自立のごとくペンシルバニア

フリーメイソン寺院は町の心臓部　塩ふく肌のままに見上げつ

自由の鐘《リバティーベル》誇れるフィラデルフィアなれど一度も鐘の音ひびかざり

時代

ドストエフスキーの河へ漕ぎ出せと霙をふふむ声は促す

宗教と宗教性のその違ひわかり易くて見えない樹根

暖かい場所に居ながら少しだけシベリア杉の痛み味はふ

凍《とう》土《ど》のやうに固い思想の入り口にナターシャといふ明るいひびき

宗教はパラドックスなれば

〈何をしてもよいと知つたらそのやうな事はしないだらう〉といふ説

未知の未はつねに危ふくサンクトペテルブルグより雑誌「時代《ヴレーミヤ》」は出た

味はひて知る

口述筆記のための速記者　湯のたぎる部屋はしだいにあかつきとなる

アンナの速記によつて『罪と罰』は完成した

もはや風を容《い》れることなしルーヴルに忘れ来たりし折りたたみ傘

煽られてふくらむ不安しんぶんし路上に伏せたるままに動かず

花水木

ハンモック架かる青葉のくぐもりの昭和三十年代初頭

ひと粒づつ莢のみどりを取り出して卵で閉ぢてしまふもくろみ

由緒正しくくつきり花びらととのへてそれより崩れはじめる薔薇《さうび》

重ね合ふ空あるのみに揚げ雲雀声はたちまちかき消されゆく

きれいな英語

ゆつくりと緋の観覧車とほくまで行けるといふこと行かぬといふこと

あさつての午後を過ごしてゐるやうな奇妙な明るさ嵐の来るまへ

ものがたり書き起しゆく甘美《かんび》さを恥ぢらふこともビアトリクス・ポター

パッケージ

パッケージにかるく触れつつそのひとつ卵の意志としてのひび割れ

写されしすべては遺影となるものをハロウィンなれば南瓜《かぼちゃ》を写す

どこまでも登りつめればそこにある一つの地点へ降り立つことに

従者

かみなづき虚実の空はひびきあひ怖い遠さを永遠といふ

冬空にせり出すビルの谷間《たにあひ》に熱き紅茶の道草をする

どこでどう間違つたのかフランス産杏《アプリコット》が運ばれて来た

新月

やはらかく鑿に彫られてうつとりと眠れるままといふ眠り猫

中禅寺湖のおもてに冬の日は落ちてそこすぎてゆく風の明朗

ひびかせて落ちてゆくなるそれのみに華厳の滝のみづの歯ぎしり

見て暗くつむれば明るしみづうみの真上ペルセウス座の脈はひ

非在のあかり

役向きはほどほどの荷をもたらして自治会といふ小コミュニティー

うすずみをふふむ一行かすれつつ反《そ》り大仰《おおぎやう》に草書体なす

体内に潜む主人公《ヒーロー》見えざればいとほしデオキシリボ核酸

兄といふ非在の明かりもう何も始まることはないのだけれど

ミントの香

蓄への言葉が黙つて鳥の巣へはこび去られてゐたやうな朝

冬の河

始まりはいつでもあり得《う》るテロップに爆破の文字が割り込んでくる

過去世

古い物語に冬の陽を当てるアンデルセンはアネルセンなる

バイエルンに月王ありてみづうみに奇妙に青い雪を降らせた

アポリネールはルートヴィヒ二世を月王と呼んだ

夕べには夕べの速さの瀬の音す月射せば月を砕く瀬の音

目の窪み顎のラインも修正がなされたといふ王の肖像

皮蛋《ピータン》の暗緑色のゆらゆらに紛れて死者の名が持ちあがる

罪

黒土も噴水もある公園にこゑの遊べる人影がない

小余綾《こゆるぎ》の急ぎ足にてにはたづみ軽くまたぎぬビルの片蔭

はじめなく終りも見せず蜆蝶のみを残して秋は過ぎたり

かたちよきこと

ひとたびは記憶の底にころがして山桜桃《ゆすらうめ》そのかたちよきこと

重さうな月を背にして立つてゐる手ごはい人に近づいてみる

創世記の大洪水を言ふなんてノアの家族ぢやないのだから

魑魅

風ふけば風にもならむ安らぎに凌霄花《のうぜんかづら》ただ揺るるのみ
ひとつぶは房より捥がる八月の雨のち薄日の淡さの中に
夏はもう取り戻せないどこへでも隠れてしまふ季節の魑魅《すだま》

乾反る

音もなく射しくるものをひかりとも影とも言ひて小公園に

熟るるるとはわづかなる笑み無花果がこの世の終りをほのめかす

『歳月の気化』抄

『歳月の気化』（二〇一六年　角川書店刊）

冬ざれの町

さざなみを立てて過ぎゆく歳月を南天は小さく笑つて見せた

今年またほろびの雪は降るならむことごとく窓はみがかれてゐる

ウンベルト・エーコ逝けり冬ざれの町に見たるは匿名の薔薇

文献の中を旅する日のあらば雪の小径ををゆくがごとくに

乳の香の牡蠣を夕餉に十二月エルサレムにも雪は降るらし

北上

生者にも死者にも会はず北上はイーハトーブへ抜ける風のみ

ゆづりあひ

暗誦の一節《いつせつ》はもう役に立たず冬の林檎を提げてゆくのみ

冬の花咲かせてゐるのは負《ふ》のひかり強ひてくるもの何ひとつ無く

マンションにタイプAありBありて日脚はいづれも端正ならむ

届かぬ位置に

すひかづらの実のなるあたりを見上げつつきのふに隷属しない生き方

レノン忌を忘れてゐたる迂闊さを振幅としてひと日風あり

デザインを見比べてをりこの服はたとへば墓所へ行くときに着る

登りきつたところに何があるにせよ臘梅の散り急ぐゆふぐれ

触れしことあらぬレールの鋼鉄の冷たさ　誤報の雨に降られて

雪消

オーガニックコットン仕立てみどりごも角ぐむ春のやはらかシーツ

アルカディアはギリシャの地名巴旦杏《アーモンド》を一粒のせた焼き菓子もまた

三月のひかりの中に咲き出した辛夷いのちの水のかがやき

海幸彦山幸彦を襲ひしを海境《うなさか》に松はひとり悲しむ

新説

はしがきもあとがきも無き一冊を統《す》べて表紙の文字の銀箔

亡き人と語らふことのをかしさを惜しみながらにひと日は終はる

土に手を汚して夏の草を引く短歌をつくるよりかひがひし

卯月の徒労

持ち上げて木箱の重さ膝に置くジュゼッペ・アルチンボルドの画集

町をゆくすべての人は使者として夏の日暮れを音もなくゆく

夏の日に背を向けてゐる向日葵の何も起こりはしない前触れ

アンとマリラ

『赤毛のアン』はモンゴメリ三十代前半の作品

おしやべりはアンの日常似て非なる木々の声にも耳を澄ます

空想癖、強情つ張りのアンがゐてグリーンゲイブルズ切妻の家

笑はないマリラの日常深鍋に煮くづれてゆく夏の野菜が

ヨブ記から少しはみ出す付箋あり花水木《はなみづき》すでに花期を終へたり

三色旗

人気なき寺院の裏手ヴェランダになびくシーツが神を隠した

抜け出してきたのだといふ感覚で外気にふれる　詩の冷やかさ

思案ひとつを巡らすやうに流れゆき流れ着かない川があること

ゼラニウムあつけらかんと咲く庭に過ぎなかつたがしんみりとゐた

頰杖

空といふ大きまやかし現れてリアルな蝶をまた見失ふ

一の道抜けて二の道ゆくごとき無音の蝶々臆せずにゐよ

平服

空き部屋にこもりて夏至の一日を見目《みめ》にあたらし『虫の宇宙誌』
奥本大三郎著

家居なるたつたひとりを置き去りにギアを入れてクロネコは去る

ふいに訪ね来りし人より北極海航路が開通したと告げらる

長い夜と昼とがあつたあの頃に読んだベルホヤンスクの詩

山紫陽花

滴《したた》りは夏の空より　刃を当ててふいに明るむ浅漬けの紺

けふの日をそよぐことなきアガパンサスすうつと力を抜いてもいいのに

声はひと日を

歳月の気化を思へり午睡より覚めて肌には藺草《ゐぐさ》がにほふ

蝙蝠《かうもり》に身じろぎしたこと厄介な倦怠《アンニユイ》のこと今なら話せる

「オマージュ・ア・バルバラが咲きました」少し怖いやうな追伸

物語のなかに降る雨〈gentle rain〉は〈恵みの雨〉と訳されて降る

木の椅子

ローマ皇帝ルドルフ二世ケプラーの仮説にうらうら心を寄せき

妖精の気配かすかにシュトーレン砂糖まみれを灯の下に置く

文字盤―言葉を繋いで遊戯形式に―

セシウムと小さく声に洩らすとき身じろぎなしてしづかなる花

秒針に夢見のありてひんやりと八月ゆふこく文字盤の上

天地無用

昼下がり天地無用の荷を提げて指で指されしコーナーへゆく

バーンズ・コレクション

吹き抜けの上部を占めるデフォルメは切絵のやうなマチスの「ダンス」

バーンズ邸

御影石のやはらかきを用ひたる御屋敷冬にはいたく凍《し》むはず

ステンレスの車体に青きライン引きクワイエット車輌郊外をゆく

砂塵の国

火を借りし記憶はあらず易々と朝になれば麵麭《パン》を焼きをり

渇いた会話

フィラデルフィアは当てて費拉特費《フィラデルフィア》と書く三十七度の夏を歩いた

バーンズ氏の私邸がそのまま美術館鳥影よぎる一瞬のあり

コレクションの公開は拒み続けられた

コレクション観たしと請ひしエリオットたつたひと言「否」と告げらる

セキュリティー

七月は嫌ひではないうつとりと房の重みに咲く花ありて

うかうかと浅《あさ》黄《ぎ》斑蝶《まだら》を呑み込めどどこへもたどり着けぬ夏空

駐車場へ消えたる人もしんねりと寝汗を掻いてゐるのもイエス

抜け道

このやうに礼を尽くした咲き方も造幣局の八重紅枝垂《やへべにしだれ》

隔たりは数メートルの距離ながら東野圭吾を読んでゐる背《せな》

このあたり電波の及ばないところ蝶は今更めきて飛び立つ

装飾文字

二十世紀初頭のパリの社交界ナタリーがゐてリアーヌがゐた

社交界の女王なれば

襟元のフリルが似合ひ凡庸を許さなかつたリアーヌ・ド・プージィ

ラ・ペ通り十三番地さびしさにふざけてふくら雀の親子

文学の果実刹那のあまやかさナタリー・バーネイといふは源氏名

八十八夜

咲き終へて北へと移つてゆくさくら蒼白だつた今年のさくら

八十八夜しづかに過ぎぬシーベルト数字は何度も置き換へられて

ハドソン川は凪ぎゐるころか風評は思はぬところからも届きぬ

県境をいくつも越えて岩手よりせめて瓦礫の運ばれて来し

浮力

何時までが朝で何時から昼なのかドア開けるたびドア閉ぢるたび

鯉のぼりこのごろ見えず不意打ちに浮力を付けて来るものあらむ

グノーシス

見下ろすは春の水嵩信仰を持たぬたゆたひ日々の流れに

慎重に聞きとめおかむグノーシスと呼ぶ集団のありしこと
キリスト教の分派の集団

ある地点までを架空の道として欅の道は真つ直ぐつづく

呼ぶ声も木々のそよぎに過ぎざれば淡々しかり日々といふもの

塚本邦雄とランボー

塚本邦雄との出会いを語るとき「衝撃的だった」という人はじつに多い。「塚本邦雄は私の青春でした」という人もいる。それに比べると私の場合は「一介の読者にすぎなかった」というほうが当たっているかも知れない。ところがある時、塚本の第一歌集『水葬物語』の扉に、ランボーの詩が引用されているということを知って、にわかに興味が湧いてきた。ランボーは十代の頃に出会って以来、忘れられない詩人だったからである。

その『水葬物語』の扉を飾っていたのは、わずか数行の次の言葉だった。

・・・私はありとある祭を、勝利を、劇を創つた。新しい花を、新しい星を、新しい肉を、新しい言葉を發明しようと努めた・・・

これはランボーの詩集『地獄の季節』の「別れ」の中に出てくる。にもかかわらず『水葬物語』には、ランボーの名、あるいはランボーに直接関わるような歌は見当たらなかった。ただランボーかと思わせる次のような歌があった。

當方は二十五、銃器ブローカー、祕書求む。――桃色の踵の　『水葬物語』

十九歳で詩を捨てたランボーは、二十五歳の時イエメンに渡り商社に職を得ている。そこでコーヒーや象牙、皮革などの売り込みをしていたが、その後アフリカを拠点に武器を商っていたこともある。ランボーを念頭に詠んだ歌とみてもいいだろう。

　数行の引用部分は、ランボーの詩の中でもよく知られている箇所だが、塚本の彼への傾倒ぶりが窺える。その頃、塚本は三十歳。ランボーへの関心はその後も長く続いていく。


　傷つきし牡蠣薄光るひそやかに武器積みて發《た》つ船の底にて　『装飾樂句《カデンツァ》』

　火薬商たちの兩掌《りやうて》はくつしたのやうにしづかに腐蝕してゆき
　熱き湯に佇《た》ちておもへばランボーの死のきはに斷ち切られたる脚　『日本人靈歌』
　死なば先づ會ひたきランボー、白晝を家鴨が突如翔《た》ついたましく

　商取引もうまくゆかず、三十七歳で世を去ったランボー。彼が病で片足を失った苛酷な現実を塚本は忘れてはいなかった。これらの歌を詠んだ時、塚本は三十代後半。「死なば先づ會ひたき」人が、ランボーであることに驚く。『感幻樂』（第六歌集）には「死なば愛さむ父のひだり手注射器に一すぢの血のさかのぼるなり」という歌もある。不器用に翔び立つ家鴨には、痛ましい彼の生涯を重ねているようだ。

『水葬物語』から十年後の第四歌集『水銀傳説』には、なんと「*Rimbaud*（ランボー）に

寄す」と題した五十首の連作がある。この連作はランボーだけでなく「*Verlaine*（ヴェルレーヌ）に寄す」五十首も同時に詠まれており百首の連作となっている。

Rimbaud に寄す

『水銀傳説』

輝くランボーきたり、はじめて晩餐の若鶏のみだりがはしき肋骨《あばら》
寝臺の紺の夕映　ランボーが日日わがうちに死する火の刻
夜の屋上に蒼鷺の腹光りつつランボーいづくにたれと眠る
濃霧の街の底の光に白馬色《あをいろ》の毛皮賣られつ戀《こ》ほしランボー
葱營營として實りつつ今熱月《テルミドール》、われらの詩の革命は
死して二人の戀始まると晴天の庭の叺《かます》の灰いろの鹽

Verlaine に寄す
われ撃ちそこなひし拳銃　漆黒の蘂もつ花のごとく墜ちたり
アフリカの朱の炎天にぢりぢりと恥づ　愛されしわが耳二つ

「わがうちに死する」さらには「いづくにたれと眠る」「戀《こ》ほしランボー」と、いかにも

直截的だ。もちろんこの劇的な表現は『水銀傳説』の跋文に書かれているように、それぞれの独白の体《てい》ではある。だがヴェルレーヌに託しながらもランボーへの熱い思いがなくてはこのようには歌えないだろう。

五首目の「われらの詩の革命は」というとき、そこにはかつて短歌の革新を熱く語り合った盟友、杉原一司が重なってくる。熱月《テルミドール》はフランスの革命暦で七月半ばからの一ヶ月のこと。一八七一年、パリはコミューンの反乱で揺れに揺れていた。パリに憧れヴェルレーヌの誘いに歓喜した「輝くランボー」。その高揚感にも杉原を重ねていたかも知れない。七首目の「われ撃ちそこなひし拳銃」は、二人の仲を決定的にした一大事件だった。ヴェルレーヌとの共同生活は決裂、ランボーはあっさり文学と離別した。二人の愛憎劇を塚本は百首で歌いきっている。『水葬物語』から『装飾樂句《カデンツア》』（第二歌集）『日本人靈歌』（第三歌集）を経て『水銀傳説』（第四歌集）に至るころ、ランボーへの思いは最高潮に達していた。「私は二人の詩人に憑《つ》かれてゐた」という言葉そのものだった。

塚本の難解な歌が、ランボーの詩との関わりで読むと、ふっと分かるような時がある。たとえば次のような歌だ。

顫ふ七月はや身を匿す寶石とランボーが犯されし兩脚　『感幻樂』

生鮑《いきあはび》咽喉すべりつつわれ生きて「あゝ、人目を避けた數々の寶石」　『波瀾』

ランボーの詩集『飾畫《イルミナシオン》』の中の「大洪水後」という詩に次のような箇所がある。小林秀雄と清岡卓行の二人の訳を並べてみる。

Ａ　おお！　身をかくしていた宝石のかずかず、――すでに眼を見はっていた花のかずかず。（清岡卓行訳）

Ｂ　あゝ、人目を避けた數々の寶石、――はや眼ある樣々の花。（小林秀雄訳）

「あゝ、人目を避けた數々の寶石」。このシュールなフレーズは「大洪水後」の中では主調部分と言える。塚本の一首目はランボーを思い出し、病で片足を失ったことを今さらのように悲しんでいる。二首目は、早世の彼と、ほぼ七十歳のわが身とを引き比べている。どちらも彼の印象深い言葉を噛みしめているようだ。

四條烏丸霙に佇ちてランボーの「鴉群《コルボー》」おもふ　氣障《きざ》のきはみ　『獻身』

「ランボー不感症」の七字は見消《みせけち》にして茂吉論脱稿近し

烏賊の墨和へ舌刺す朝ぞジャン・ニコラ・アルチュール・ランボー百年忌

四月饐えつつ匂ふ花ありランボーの處女作は「神よ、糞くらへ！」

「鴉の群《レ・コルボー》」をランボー歌ひしはいつぞ深夜スープに唇を灼く

老舗《しにせ》質店主耄碌　手稿本「酩酊船《バトー・イーヴル》」も流されたるか

枯山水《こせんずい》に聲殺しつつ落合ふはランボー研究家とその腹心

『汨羅變』

『獻身』（第二十歌集）、『汨羅變』（第二十二歌集）は、七十代の作品である。どこか突き放したようで、冷めている。塚本に諧謔の歌が増えてきたことも影響しているようだ。一首目の「氣障《きざ》のきはみ」は、自嘲をこめているのだろうか。三首目のランボーの百年忌は一九九一年。文芸誌でも取り上げられ、否応なく目に留まったはず。格別の感慨があったに違いないが「舌刺す」にとどめている。「鴉群《コルボー》」、「酩酊船《バトー・イーヴル》」は詩の題名であり「神よ、糞くらへ！」は「七歳の詩人」に出てくる。

秋風のすみかの扇　曙は胸をゑぐると言ひしランボォ

『約翰傳僞書《ヨハネでんぎしよ》』

「酩酊船《バトー・イーヴル》」書きたる頃のランボーは海を知らざりけり十九歳

春蘭に七年前の亡き朋《とも》のにほひありランボーに憑《つ》かれゐき

だが最終歌集『約翰《ヨハネ》傳《でん》僞《ぎ》書《しよ》』の歌は三首とも、今まではずいぶん趣が違う。一首目と二首目は「酩酊船」に関わる歌。ヴェルレーヌに呼び寄せられたランボーがパリに赴くとき「パリの奴らを驚かせてやる」と携えていったのがこの「酩酊船」で、百行という長い韻文詩。「曙は胸をゑぐる」は、全二十五章の終りの方に出てくる最も親しまれている箇所。その章を引いておこう。この詩は自らを酩酊船に喩えているとも言われている。

想へば、よくも泣きたるわれかな。來る曙は胸を抉《ゑぐ》り、
月はむごたらし、陽《ひ》は苦《にが》し。
切なる戀に醉ひしれし、わが心は痺れたり。
龍骨よ、砕けよ、あゝ、われは海に死なむ。（小林秀雄訳）

錯乱、難解、韜晦、ざらついた感覚、革命志向などと評されたランボーだが、象徴的な詩の中にも純粋に読者の胸を打つ叙情性も、当然あったのだ。あるとき「酩酊船」に話題

が及び「ゆけ、フラマンの小麦船、イギリスの綿船《わたぶね》よ」と、塚本自身が第二章のフレーズをたちまち口にされたことがあった。最晩年のこの三首は、力を抜いた歌い方が、かえって胸に沁みる。ランボーへの率直な心寄せだろう。

第二十歌集のタイトルは『獻身』。これもランボーの詩「獻身」と関わる。そのことは塚本自身が一九九四年の「リテレール秋号」に寄稿した日記で明らかだ。その日記文は最後にランボーの詩を引いて終わっている。

ほほゑみに肖てはるかなれ霜月の**火事**のなかなる**ピアノ**一臺　『感幻樂』

（太字は筆者による）

それにしても私は、西欧的な香りのするこの一首に理由《わけ》もなく惹かれるのだが、塚本に火事の歌が何首もあることを異様に思っていた。ピアノの唐突さも謎だった。

燻製卵はるけき**火事**の香にみちて母がわれ生みたること恕《ゆる》す　『水銀傳說』

さらば若者　わが王國の**晝火事**のはじめのほのほ新芽のごとし　『感幻樂』

さびし羅馬《ローマ》の**火事**　母の髪過ぎし日の夕映えに緋の暈冠《コロナ》をまとふ　『星餐圖』

遠火事に言葉ひびかひあかときは地《つち》にころがる花花の**燠**《おき》　『青き菊の主題』

火事跡に消火夫と肩觸れて立つかぎろへど何か何か言はねば　『歌人』

一月の仁王門なるうらわかき仁王　うつくしき**火事**はあらぬか　『不變律』

水上《すいじやう》の音樂やみてあと暗しアフリカに**炎上**する國あらむ　『波瀾』

地球ほろぶる冬ならなくにくれなゐの雪ふり佐野のわたりの**火事**　『黄金律』

女王陛下萬歳二唱はるかなる**火中**の**ピアノ燠**《おき》となるころ　『獻身』

ランボーの詩「大洪水後」には次のようなフレーズもある。

「・・・夫人は、アルプスの山中に**ピアノ**を据ゑた。」

「そして『**女王**』は、土の壺に**燠**かき立てる『魔法使ひ』は、自分は知つてるが俺達にはわからないお話を、どうしたつて聞かせたくはないだらう。」（小林秀雄訳）

「ほほゑみに肖て」の歌も、最後の「女王陛下」の歌も、背後にランボーの詩「大洪水後」が揺曳していると思えてならない。さらに言えば『水葬物語』の巻頭歌「革命歌作詞家に凭りかかられてすこしづつ液化してゆくピアノ」もそうなのだ。そもそも火事は塚本の詩想であると同時に「すべては消滅と隣り合わせだ」というメッセージのように思える。さまざまな角度から詠まれている火事の歌だが、注意深く読むべきだろう。もちろん塚本のことだからパロディーにしていることも考えられる。ランボーの、時には錯乱した飛躍の激しい詩に比べれば、塚本の歌は分かり易いと言えよう。

短歌への情熱を思想にまで高めていった塚本は『黄金律』（第十八歌集）を境として、本格的に戦争をテーマとしていった。だが『水銀傳説』の百首の連作以来「寧《むし》ろ避けてゐた」というランボーを最後まで忘れなかったのは、早世を悼みつつ彼の才能に魅了され続けていたからではなかっただろうか。

あとがき

第一歌集『ランボオ連れて風の中』を出したのは一九八八年のこと、すでに三十数年が経ちます。以来、八冊の歌集を出してきました。本来なら八冊すべての歌集から選ぶところですが、八冊目の『ノートルダム』（二〇二二年刊）は、刊行からまだ日が浅いため、今回は入れませんでした。

この集の最後に、ランボーに関わる小文を添えています。昨年、文庫版『塚本邦雄全歌集第六巻』（短歌研究社刊）に執筆の機会を頂いたものです。第一歌集のタイトルにもあるランボーとの関わりの一端を、ここに添えておくのもよいのではないかと思ったからです。

タイトルの「月の余韻」は、第五歌集『パピルス』に収録の一首「帰り来て部屋に聴きをりしろがねのたぐひまれなる月の余韻を」から採りました。

なお「ランボオ」と「ランボー」の表記は、それぞれ発表時のままにしています。

出版にあたり「短歌」編集長の北田智広様、角川文化振興財団の皆様には大変お世話になりました。そして装幀をお引き受け頂きました小島真樹様、皆様に心より御礼申し上げます。

二〇二三年十一月

阪森郁代

著者略歴

阪森郁代（さかもり　いくよ）

1947年三重県生まれ。

1984年第30回角川短歌賞受賞。

1989年塚本邦雄に師事。「玲瓏の會」に入会、現在選者。

歌集に『ランボオ連れて風の中』（1988年　雁書館）、『靡けたてがみ』（1992年　書肆季節社）、『夕映伝説』（1997年　角川書店）、『ナイルブルー』（2003年　角川書店）、『パピルス』（2006年　角川書店）、『ボーラといふ北風』（2011年　角川書店）、『歳月の気化』（2016年　角川書店）、『ノートルダム』（2022年　短歌研究社）がある。

阪森郁代自撰歌集　月《つき》の余韻《よいん》

初版発行　2024年2月27日

著　者　阪森郁代
発行者　石川一郎
発　行　公益財団法人 角川文化振興財団
〒359-0023　埼玉県所沢市東所沢和田3-31-3
ところざわサクラタウン 角川武蔵野ミュージアム
電話 050-1742-0634
https://www.kadokawa-zaidan.or.jp/
発　売　株式会社 KADOKAWA
〒102-8177　東京都千代田区富士見2-13-3
電話 0570-002-301（ナビダイヤル）
https://www.kadokawa.co.jp/
印刷製本　中央精版印刷株式会社
 ISBN978-4-04-884569-4 C0092